DRÔLE DE STRIP-TEASE

PIERRE HAUDEBOURG

DRÔLE DE STRIP-TEASE
THEÂTRE

Éditions du Frigo
www.editionsdufrigo.com

Dans la collection : THEATRE

ISBN 9782322267088

© EDITIONS DU FRIGO, 27 février 2021

Le Code de la propriété intellectuelle interdit les copies ou reproductions destinées à une utilisation collective. Toute représentation ou reproduction intégrale ou partielle faite par quelque procédé que ce soit, sans le consentement de l'Auteur ou de ses ayants cause est illicite et constitue une contrefaçon sanctionnée par les articles L335-2 et suivants du Code de la propriété intellectuelle.

www.editionsdufrigo.com

Ce matin-là, le soleil resplendissait déjà au-dessus des tourelles du château de Vautricourt. Quelle belle journée s'annonçait... Aujourd'hui, notre jeune marquise Agnès fêtait ses seize ans... Une effervescence incroyable régnait au château.

(La lumière monte doucement)

La journée passa comme en un rêve...

Un magnifique crépuscule tombait maintenant sur le parc embaumant l'atmosphère d'envoûtants parfums de roses mêlées aux fragrances enivrantes des parterres de gardénias en fleurs... Hum.... (Il boit).

(En rupture)

C'est bien, ça pourrait être encore mieux, mais c'est bien !

Agnès était confortablement installée dans une méridienne et dégustait quelques amuse-bouche... Malgré son jeune âge, notre belle héroïne savait apprécier un grand champagne, celui-ci était léger et tellement agréable, qu'elle caressait sa flûte de cristal en écoutant, rêveuse, mourir les bulles

(Il rote)

(Il pleure)

Cet instant de grâce frappa si fort le cœur d'Agnès, qu'elle en ressentit un grand trouble évidemment. Aussi laissa-t-elle choir sa flûte en un cristallin fracas.

(En rupture)

Oh que c'est bon ! Oh oui, vraiment ! Oh la la !

C'est tout de même autre chose que tous ces romans à la mode qui se passent dans des prisons avec des détenus qui s'enculent.

(Reprenant son roman)

Agnès rejeta sa tête en arrière en un gracieux mouvement, elle se mit à fixer les lustres avec une telle intensité que ceux-ci commencèrent doucement à tourner en tremblant, démultipliant ainsi leurs images à l'infini dans les glaces baroques. Elle les vit tourner à une vitesse si vertigineuse que rien ne pouvait plus les retenir dans leur course folle. Elle apercevait en surimpression les yeux de porcelaine bleu de Sèvres irisés d'or du jeune homme qui s'approchaient et s'éloignaient d'elle, comme aimantés, tour à tour éclairés par les flammes, s'offrant et se refusant. Alors ses paupières s'alourdirent et elle resta un long moment étourdie...

(Long silence. Il pose le roman)

(Voix off)

- Qu'est-ce qu'il est devenu le client du kiné

- Je ne sais pas. Pourquoi me posez-vous cette question ?

- Je voulais savoir.

- Savoir quoi ?

- Ce qu'il est devenu.
- Ça vous intéresse ?

(Voix in)

Frédéric est mon kinésithérapeute... C'est un bon kiné !... J'ai eu de la chance, je l'ai rencontré par hasard... les pages jaunes...

Avec quel enthousiasme il s'occupe de ma condition physique, ce n'est pas croyable !

Dès le premier jour, je lui ai dit : « Je vous donne le chantier de mon corps, il faut me remettre sur pieds. Primo : redonnez toute l'agilité nécessaire à ce poignet cassé. Deuxio : je ne peux plus m'allonger complètement à plat, ma tête ne touche plus le sol, loin s'en faut. Et puis mes articulations sont raides et un peu douloureuses. Il faudra examiner ma colonne vertébrale. »

Il n'a pas fallu lui dire deux fois. Il s'est mis immédiatement au travail, un vrai bâtisseur de cathédrale : massage culture physique, et même discipline asiatique, il n'a pas compté sa peine ! Mais voilà le résultat ...

(Il prend son ventilateur)

Frédéric est joli garçon, il doit avoir un succès fou, avec ses yeux clairs irisés d'or qui vous transpercent. Il m'a montré la photo de sa femme et de ses deux jeunes enfants... ils sont beaux ! Quelle famille magnifique ! De mon côté, je lui ai montré mes examens de sang et mon thème astral afin qu'il me connaisse de l'intérieur.

J'ai rudement bien fait, il en a conclu immédiatement que mon mental était un peu fatigué, alors il s'est engagé : il a promis de me soigner le corps et l'esprit en travaillant aussi sur le psychisme. Il m'a expliqué que les deux marchent ensemble et qu'on arriverait ainsi à vaincre mes inhibitions. C'est ce qu'il m'a dit.

Tant mieux ! il est sûr de lui, j'aime ça !

Après ? Après … Il m'a offert un petit beignet, il était délicieux ! Nous avons plaisanté tous les trois avec le petit beignet (mais non, il y avait une autre patiente), sur le fait qu'il pourrait ouvrir une cafétéria.

(Il répond au téléphone avec son ventilateur)

« Non maman, je n'irai pas voir le psy !... Je te dis que je vais bien… je t'assure !

Des problèmes, moi ?... Laisse-moi rire… »

C'est elle qui m'a fabriqué. Elle est terrible. Elle compte énormément pour moi ; on est tellement proche… Elle est ma quiétude et mon inquiétude ; au fond, on a le même âge et ce n'est pas bien vieux !

(Il raccroche)

Tout de même, j'aimerais bien rencontrer quelqu'un, oh ça oui ! J'aimerais le rassurer, lui chanter des berceuses, j'aimerais le prendre dans mes bras et pleurer avec lui. J'aimerais... mais on ne rencontre jamais ça, ou alors il faut attendre d'être mourant. Maintenant il paraît que des personnes viennent à votre chevet en se roulant sur vous avec enthousiasme. L'accompagnement au mourant ça s'appelle, tu parles d'un nom. Oh, elles ne prennent pas de gros risques, elles savent que dans quelques heures vous aurez dégagé la piste. Alors tu penses si elles s'acharnent, et que je te pelote, et que je te bise. Y'a pas assez de trous !

On devrait pouvoir leur dire stop, c'était avant qu'il fallait me faire ça, maintenant je m'en fous, ça me fait plus rien, je suis à moitié dans le grand tunnel, c'est pas le moment de venir me faire chier en me volant ma mort. C'est tout ce qui me reste, merde alors !

Calme-toi. Respire profondément comme il a dit le kiné.

(S'étirant)

Zen ! Cool ...

Chante ... Chante !!!

(Chanté)

« Un beau dimanche de printemps »

Je viens d'arriver chez maman. Maman est en retard pour préparer le repas dominical, nous attendons mon amie Nathalie pour déjeuner.

Tata Renée est déjà là ; elle est allée tout de suite dire bonjour à mémé, dans sa chambre.

Mémé ne prend plus ses repas à table. Elle est très âgée et bien fatiguée. Maman lui prépare un plateau dans son lit.

Elle a de mauvaises dents, elle se nourrit d'un bifteck dans le filet, c'est très tendre, et de purée.

Mémé commence son repas.

Nous bavardons avec ma tante, comme chaque dimanche, de tout et de rien, plutôt de rien ! pendant que maman s'affaire à la cuisine. Ma tante est assise sur une chaise et moi au bord du lit.

Mémé se régale. Elle a gardé un joli coup de fourchette.

(Mime mémé)

Elle intervient de temps en temps dans la conversation, lorsqu'elle comprend, malgré son appareil elle a du mal à entendre. Elle a presque fini son steak. Quel appétit !

Elle me demande un autre verre d'eau ; les bouchées que maman lui a coupées, bien que toutes petites, ont du mal à passer. Je lui apporte. Mémé boit une gorgée et toussote un peu. Je lui demande si ça va ? Elle me répond que oui en attaquant la purée.

(Très gaiement)

La conversation reprend sur le mois de mai déjà très chaud, le rendement des fraises en Périgord. Cette fois-ci, mémé s'engorge.

Je me lève et viens lui tapoter le dos en la faisant boire un peu. Elle me dit que ce n'est rien qu'une dernière bouchée de steak qu'elle a dû avaler de travers.

On reprend, les fraises du Périgord, le mois de mai...

(Chanté)

« Un beau dimanche de printemps »

Qu'est-ce qu'elle fait Nathalie, elle est en retard.

Mémé s'étrangle à nouveau.

Je vais voir maman : "Dis, mémé je ne sais pas ce qu'elle a, elle s'étouffe, ça n'arrive pas à passer".

Maman vient la voir. Mémé fait comprendre que ça va aller. Alors un peu inquiète, maman repart à la cuisine en me disant que si ça recommence, il faudra appeler le médecin.

Je retourne dans la chambre, la toux augmente.

(Mime la toux)

J'ai une idée ! Je me rappelle qu'on a un vomitif, c'est du thé de rose. Je dis qu'on devrait essayer cette tisane, ça la dégagerait peut-être ? Maman la prépare très vite. Elle vient lui faire boire. C'est difficile parce que mémé a la mâchoire qui se crispe, on a du mal à lui en faire absorber deux ou trois petites cuillères.

Pas d'effet, elle s'étouffe.

On décide d'appeler le médecin. M'énerve pour trouver son numéro.

Je reviens dans la chambre, ça ne va du tout. On se regarde avec ma tante, on commence à avoir peur. On regarde mémé et on lit pour la première fois dans ses yeux une interrogation effrayée.

Maman arrive, lui prend la main, lui caresse le front, mémé dit en gardant sa main : "Restez, ne me laissez pas."

Maman me dit à l'oreille "elle est en train de mourir". Alors tout se passe très vite, elle tousse, s'étrangle, étouffe, elle a des spasmes. Ses yeux s'ouvrent démesurément, affolés, se fixent...

(Temps. Reprenant profondément son souffle)

Mémé vient de mourir.

(Silence)

On sonne. Ah, c'est Nathalie.

Non, c'est le kiné, il est venu un beau dimanche de printemps, (ça recommence, qu'est-ce que je raconte ?) non, il est venu dans la salle d'attente me dire bonjour, puis il est reparti. Je le regarde s'éloigner dans son jean blanc très moulant. Ses formes sont généreuses et rebondies.

Il fait des mouvements de gymnastique.

Il ne peut pas ne pas s'apercevoir qu'il est sexy, quand même.

Quel appel aux fantasmes !

Bravo, ça marche au quart de tour avec moi.

Il m'informe qu'il s'est coincé le doigt dans une porte. Il a un ongle tout noir. Je n'aime pas ça pour un kiné, c'est moche !

Il raconte qu'un jour, il s'est trouvé dans une bagarre de rue. Des voyous ont voulu l'agresser, lui, c'est un non violent.

Il a eu peur, mais il ne l'a pas montré, car selon ses propres termes, "il ne voulait pas se conduire comme une tapette"

Il a dit à celui qui le menaçait : "Laisse ton couteau et viens te battre avec tes poings, comme un homme !" Eh bien, le gars a détalé en courant. Heureusement, ça aurait été terrible, il est si mignon et sportif avec ça !

Des fois, il me fait des séances de reiki, pour me redonner la pêche. Il va chercher de ces choses... le reiki ce n'est pas banal, ce n'est même pas dans le dictionnaire, j'ai vérifié. Il est merveilleux. C'est une méthode thérapeutique japonaise, il m'a dit. Il applique ses mains sur certains points de mon corps, enfin presque, au fond, c'est un peu comme l'acupuncture, sans les aiguilles. Je ferme les yeux, et après plusieurs respirations profondes, il commence ses impositions. Il est très concentré et me transmet sa chaleur. Et alors là, alors là....

(Il chantonne la Traviata)

C'est très agréable.

Il se donne un mal fou pour ouvrir mes chakras, et il les ouvre ! C'est dingue, ça me détend, ça me fait du bien ! Il me transmet une de ces énergies, (ouh !...) Une vraie prise de courant.

Quand la séance est finie et qu'on revient à la réalité... on pète les plombs ! J'ai une envie de l'embrasser.... Il est si compétent.

Pourquoi il se moque de moi ? Il prend mon poignet et fait mine de le recasser en disant : "Craque le poignet !" en riant très fort.

Il raconte que lorsqu'un patient meurt dans son cabinet, il le balance vite dans l'escalier pour qu'on ne le trouve pas chez lui, car il aurait des ennuis avec les assurances.

Qu'il est blagueur !

(Il reprend le roman)

(Il lit)

Quelques mois passèrent après ce premier bal.

Agnès était dans cet âge difficile où l'enfance vous quitte sur la pointe des pieds, où les découvertes les plus intimes prennent une autre résonance. Elle avait revu beaucoup d'amis depuis sa soirée d'anniversaire, mais les préoccupations des jeunes filles de son âge lui étaient étrangères ; quant aux garçons, c'étaient encore de grands adolescents attardés, et leurs propos l'ennuyaient à périr.

Néanmoins, elle se souvenait avec délice de l'impression que lui avait laissé Gonzagues de Saint-Prieux, il est vrai de six ans son aîné.

Ce grand jeune homme romantique à la carrure d'athlète, sa voix exceptionnelle, l'expression étrange de ses yeux de porcelaine irisés d'or. Agnès n'avait rien oublié de lui, ni surtout ce premier baiser qui la tourmentait sans cesse. Elle s'en voulait de penser encore à cet instant unique où ses émotions, et le champagne aidant, elle fut chavirée à la lisière de sa sensualité naissante.

Oh putain, ça va cartonner.

(Il dicte au dictaphone)

Elle entreprenait maintenant de longues promenades dans le parc du château, avec pour seul compagnon un si joli petit singe qui ne la quittait plus ; elle l'avait baptisé "petit ange"...

Le kiné m'a pris la tête.

J'ai eu le malheur de lui dire que de temps en temps j'avais des maux, ce n'est pas tombé dans l'oreille d'un sourd ! Il m'a attrapé, retourné la tête, me débloque le cou d'un côté, tire sur mes omoplates, ça craquait, c'était bon !

Quelle confiance j'ai en lui !

C'est vrai, s'il lui prenait un brusque fantasme, quand il me manipule comme ça... son corps contre le mien.

Oh quelle lutte délicieuse ; quelle impudeur !

(Silence)

Dès la fin de la séance, il reprend son masque imperturbable et demande toujours d'une voix neutre : "ça vous a fait du bien ?"

Drôle, tu parles Charles, si ça m'a fait du bien ! J'ai envie de lui crier : « Vous ne pouvez pas savoir à quel point, mon chou ! »

Mais je suis si timide, si introverti... Il me rééduque le poignet ; quelle affaire ! Il me le masse, me le redresse en tous sens, il me fait si mal qu'à force ma ligne de vie rétrécit de jour en jour.

Mais oui ; j'ai tellement mal que je siffle pour ne pas hurler à la mort. J'ai horreur de la douleur ...

(Temps - Il retourne s'asseoir)

Mais avec lui ça va.

(Silence. Il lit son roman. Idée, il s'arrête de lire)

L'autre jour, il parlait à une patiente. Machinalement, il avait gardé ma main dans la sienne, on aurait dit un couple d'amoureux.

J'ai bien failli lui faire une blague et dire: " bon, et bien c'est pas qu'on s'ennuie chéri, mais il faut qu'on aille mettre la viande dans le torchon". Mais j'ai eu peur que cela soit mal perçu, il tient si fort à son identité de mâle. Je crois qu'il est un peu macho.

A ce propos, les machos, ils me font rire, ce sont les plus fragiles, on le sait bien, ils n'acceptent pas la part de féminité qu'il y a en eux, alors ils la refoulent. C'est pour çà qu'ils ont ce côté un peu .... Tant pis pour eux, ils ne savent pas ce qu'ils perdent !

(Il reprend son roman)

Un après-midi, se promenant dans le bois aux biches, Agnès était venue se reposer dans l'un des pavillons de chasse. Au moment où elle allait entrer, elle entendit des gémissements venus de l'intérieur. Alors, elle s'approcha doucement d'un carreau et aperçut un spectacle qui lui fit perdre la raison.

Elle découvrit un garde-chasse, un fouet à la main, administrant des coups de botte à ce pauvre José, l'un des jardiniers du château qui gisait à terre dans le plus simple appareil. Elle remarqua que ses poignets étaient solidement liés. Notre pauvre demoiselle horrifiée, ne pouvait regarder le visage de l'homme soumis, qui hurlait de plaisir et de douleur...

(Pour lui)

J'ai horreur de la douleur.

Après quelques coups de fouet judicieusement administrés, le garde s'arrêta enfin. Il retourna José et l'obligea à se tenir, comme un chien, à quatre pattes. Agnès, hagarde, vit le sexe du bourreau pénétrer lentement, mais avec force dans le postérieur de José en extase...

(En aparté)

Mais qu'est-ce que c'est que cette histoire ? C'est beau ! On dirait du Victor Hugo !

Où je vais chercher tout ça ? Mystère de l'écriture. J'ai soif !

*Brutalement, elle fut prise de démence et entra à l'intérieur du pavillon...*Il faut que je le note.

(Il sort. Hors scène)

Qu'est-ce qu'il va se passer ?

(Il revient avec une bouteille et se rassoit)

(Il se sert un verre)

J'ai l'impression que Frédéric suit une thérapie. Il m'a dit que pendant la prochaine séance de reiki, il faudrait que je remonte à ma naissance et même avant, afin de mettre un doigt sur mon nœud émotionnel, et qu'il m'envoie de l'énergie. Un vrai langage de psy !

(Il boit)

Des fois, je m'amuse à le tester... Je tisse ma toile.

Je lui ai prêté mon film préféré sur les rapports sado maso entre un masseur et son patient. S'il n'a pas compris l'allusion, bonjour !

Entre les deux personnages s'installe un tel amour qu'à la fin du film, le masseur tue le patient qui l'a supplié d'en finir.

(Il reprend le roman)

Ce n'est pas drôle, je n'ai pas envie qu'il m'arrive la même chose.

(En aparté)

Comme cet hétéro avec qui j'avais fait l'amour et puis qui a voulu me balancer par la fenêtre en hurlant qu'il n'était pas pédé ?

Fred a visionné le film avec sa femme, tu parles d'une soirée familiale ! Le lendemain il m'a donné son avis, il m'a dit qu'il a bien aimé. M'a raconté des sornettes sans grande conviction d'ailleurs, du genre que le héros avait un problème avec son épouse !

C'est sûr ! Pour décider de mourir en se faisant écarteler par un rouleau compresseur.

Je le sens quand même légèrement perturbé le Fred. Sa femme lui a demandé "si je n'étais pas un peu détraqué".

Il a répondu "Pas du tout, mon client est très équilibré au contraire". Et toc ! Elle ne l'a pas volé celle-là. Il a pris ma défense, bravo Fredo.

Et puis il s'est acharné après mon dos Fredo, il me faisait très mal en enfonçant violemment ses doigts dans ma chair, il m'a dit d'une voix étrange :

"Ça doit vous brûler, non ?"

Je lui ai répondu par un signe affirmatif, alors il a continué en disant :

"On a l'impression qu'on vous ouvre avec une lame, ça fait mal, mais n'y prenez pas trop de plaisir, comme dans le film". Quel humour !

Je lui ai rétorqué en souffrant que j'y prenais un certain plaisir ...

(Temps - Il se lève et boit)

Alors brutalement, il a dit : "Il n'aime pas les femmes". Ce que c'est bête cette expression, ça m'a toujours rendu malade. Qu'est-ce que ça veut dire ?

Il n'aime pas baiser avec les femmes ? C'est ça que les gens veulent dire ? Alors ils considèrent que si on ne baise pas, on n'aime pas, qu'il faut baiser pour aimer ! Ah, c'est ça ! On peut quand même aimer pour d'autres raisons ? Non ?

Les femmes je les aime énormément, le sexe c'est autre chose.

J'ai couché avec des femmes aussi, bisexuel peut-être ? Pourquoi pas ? Quelle importance ? J'aime tous les êtres humains... enfin pas tous quand même. J'ai mes limites, moi aussi je peux exclure d'une certaine manière, ben oui, j'ai du mal avec les cons. Ça c'est un vrai fléau, les cons, ça fait peur ! Comme ceux qui ont agressé Gérard dans la rue, cet hiver, ce n'est pas vieux ! Il portait un pantalon imitation serpent, ça ne leur a pas plu, on sait pas pourquoi, ils lui ont cassé la mâchoire.

A l'âge de sept ans je me suis fait casser la figure à la récré parce que je marchais avec précaution, pour ne pas abîmer mes chaussures neuves. C'était peut-être les mêmes.

J'ai compris tout de suite que la vie serait plus difficile pour moi car j'étais différent comme ils disent.

Depuis ça a empiré, j'ai résisté. Maintenant je craque. Ne soyons pas esthètes, c'est bête, soyons bourrins ! Ça plaît au plus grand nombre.

Je vais mourir de honte d'exister au milieu de ces trous du cul !

(Silence)

A ma dernière distribution des prix à la mairie, maman était éclatante dans sa robe noire, avec son étole de renard argenté, l'assistance ne regardait qu'elle, je crois que je n'ai jamais été aussi fier en montant les marches du grand escalier de la mairie...

C'était quand ? Elle habitait près de la mairie cette vieille cousine. Excessivement riche, très avare. Ses prénoms : Amélie, Célina, Léontine. Compliqué, alors on l'appelait TATI.

(Il se rassoit)

Pourquoi notre grand-mère nous obligeait à aller la voir ? Deux fois par an, au moment des fêtes pour lui présenter nos vœux, et avant de partir en vacances, parce qu'il fallait lui dire "au revoir". Je n'ai jamais très bien compris pourquoi ? Ça a duré jusqu'à l'adolescence.

Elle nous recevait, avec d'autres cousins dans son salon, en fin d'après-midi, dans l'obscurité.

Elle n'allumait jamais l'électricité, trop coûteux disait-elle. Elle était toujours vêtue en noir de la tête aux pieds.

Une odeur légèrement nauséabonde flottait dans l'appartement, forcément, elle recommandait de ne tirer la chasse d'eau qu'une fois toutes les cinq petites commissions ou toutes les trois grosses.

Il y avait de grands silences...

(Temps)

Maman, avait pris la précaution de nous faire goûter avant de venir, heureusement, Tati n'offrait qu'un seul petit sablé très dur par enfant.

On se regardait tous en se demandant ce qu'on faisait là et alors, on avait envie de rire. Elle semblait perdue dans ses pensées, le regard fixe, elle secouait légèrement la tête de haut en bas.

J'étais fasciné par les deux brillants qu'elle portait à chaque oreille, l'un plus petit contre le lobe, l'autre beaucoup plus gros pendant en dessous. Le tremblement de sa tête leur faisait jeter mille éclats, c'était beau ! Le jeu consistait à garder le silence le plus longtemps possible.

(Temps très long)

Alors de sa voix forte, autoritaire, elle lançait à la cantonade : "Les ouvriers, ils se croient tout permis depuis qu'ils mangent du poulet ! ". On commençait à rire, maman nous jetait un coup d'œil furieux. "Chut !".

Quelquefois, un parent osait dire : "Vous croyez Tati ?" pour essayer de supprimer la gêne. Elle ne répondait que par un hochement de tête entendu, les yeux mi-clos, du genre "on ne me l'a fait pas, je sais ce que je dis, je ne suis pas née d'hier !", elle continuait : "Hum, ils disent qu'ils n'ont pas d'argent, mais ils en trouvent pour fumer ! Je les vois tous les jours fumer en me narguant."

La nuit tombait, on distinguait chacun en ombre chinoise... c'était lugubre.

Au bout d'une éternité, maman qui a eu toujours le sens de la formule, prenait l'initiative et disait : "Ce n'est pas que l'on s'ennuie, Tati, mais il va falloir que l'on regagne nos pénates".

Tati : Vous resterez bien encore un peu !

Se tournant vers ma sœur: Comme tu as grandi, tu es une vraie jeune fille à présent. Il faudra que je te donne mon manteau d'astrakan, je ne sors plus maintenant. Il n'est pas neuf mais il est encore très convenable.

Ma sœur ennuyée : « Oh non, c'est trop ! »

Tais-toi donc, maintenant il doit t'aller ! Eh bien c'est entendu, ce sera mon cadeau pour tes seize ans. Comme tu vois, je ne me moque pas de toi !

Merci, Tati !

(Il s'éponge et se met une serviette sur la tête)

Grande concentration. Je flotte littéralement. Fred m'a envoyé beaucoup de chaleur dans les organes sexuels. Je ne sais pas pourquoi, il faut que je lui demande.

Il m'a dit que la chaleur circule bien dans tout mon corps et que c'est bon signe.

(Il retire d'un geste sa serviette)

Et il m'a parlé des préservatifs. Eh bien c'est terrible.... Ils sont tous poreux !

(Silence)

Pourquoi faut-il que ce soit toujours les hétéros qui me fassent fantasmer ?

J'aimerais le déguster comme un plateau de fruits de mer...

Dans la sauvagerie de ces rochers rouges se jetant dans la mer éblouissante, il y avait là quelque chose de dément. Agnès remonta des criques. Un léger frisson parcourait son corps ambré. Peut-être était-elle restée trop longtemps dans la crique aux oursins, plongeant et replongeant dans l'eau transparente. Elle arracha nerveusement sur son passage une branche de jasmin qui l'ennuyait, rejeta d'un mouvement précis sa chevelure en arrière et gravit rapidement les marches. Comment Agnès avait-elle pu surmonter cette affreuse crise de démence dans le pavillon de chasse, lorsque ayant perdu complètement la raison, elle s'était jetée dans les douves du château de ses ancêtres, voulant se noyer au milieu des carpes centenaires médusées.

(Il mime les carpes)

*Elle songeait avec horreur à son beau corps secoué de spasmes, ces yeux blêmes, ces onomatopées incohérentes, ces infirmiers affolés...*Pin-pon, pin-pon, touloulou, pin-pon, touloulou ! J'en ai marre !

(Il se rassoit et s'endort sur son roman)

Je n'ai pas rêvé, Freddy (il veut pas que je l'appelle Freddy), enfin Fred, il m'a donné son premier coup ça m'a fait plaisir ! C'est déjà un progrès, une sorte de familiarité. C'est peut-être parce que je me suis confié à lui, alors inconsciemment son attitude a changé, il s'en défend, mais j'ai la délicieuse sensation qu'il recherche le contact physique, d'ailleurs ses massages cervicaux sont de plus en plus intimes. Il se presse fortement contre moi, une cuisse sur ma tête, l'autre genou entre mes jambes, son visage enfoui dans mon cou, c'est d'une indécence extrême.

Pour qu'il n'y ait pas de méprise, il m'a précisé qu'il était hétéro à 100 %.

Ça recommence !

J'ai pris mon courage à deux mains et je lui ai rétorqué que ce qui est terrible chez moi, c'est que je ne suis attiré que par les hétéros... à 100%. (Quelle audace de ma part !)

Il a employé une expression du genre : « Vous êtes vraiment détraqué... ». Je pense que mes névroses l'amusent.

(Il reboit)

Au fait, il ne faut pas que j'oublie de lui redemander son histoire des quatre jeunes qui ont violé une femme policière, l'ont tuée et ont pissé sur son cadavre. Il avait l'air indigné, ça m'a amusé. Il faudra le provoquer en disant : "elle avait peut-être une jupe trop courte" ou "à force de distribuer des contraventions...".

C'est curieux, parfois des vagues d'ironie méchante me submergent. C'est si fort et follement délicieux.

(Il s'étire et se lève)

Fred m'a traité de salaud, je ne me rappelle plus à quel propos. Il s'est mis à compter en me manipulant la tête 1/2 3/4 5/7 22/37. Il parlait tout seul. 8/12 87/88 34/69

(Gestuelle rythmée de plus en plus fort, jusqu'au paroxysme).

(Lumière lunaire)

Enchaînée comme une esclave dans ce palais délabré de Tanger, Agnès délirante attend avec fébrilité les ordres de son maître. Comment a-t-elle pu oublier son passé, sa culture, son rang ?

Agnès a le rythme cardiaque qui s'accélère proportionnellement à la montée de son désir, respirant l'odeur de cet homme bleu à la peau brune aux muscles saillants aux yeux couleur de braises irisées d'or qui offre comme une femme son corps d'athlète à l'astre de la nuit.

S'approchant insensiblement d'Agnès, la danse redouble de vigueur. La jeune femme incandescente arrache sa tunique maculée par la sueur de l'homme et se tord de désir. Des frissons extraordinaires la submergent par vagues de plus en plus violentes. Elle voudrait échapper à l'orgasme de toutes ses forces, elle essaye de se relever, mais en vain. Elle rampe vers le corps de l'homme, mais dès qu'elle croit le toucher il s'échappe. Alors, ne se contrôlant plus, elle se caresse frénétiquement... et jouit... abondamment.

(Il revient à sa table et dicte debout)

La danse s'arrête, et l'homme sans un regard remet ses vêtements !

(Très heureux, il se frotte avec sa serviette de bain)

Aujourd'hui, je commence la culture physique. Il m'a demandé de venir en short. J'ai un trac ! Résultat, je vais faire des essayages. C'est que c'est délicat, je veux être le mieux possible. Pas de faute de goût. Ce n'est pas gagné ! Ah ! Vous voulez me tripoter jeune satyre ? Sachez, mon bon Fred, que je ne mange pas de ce pain-là ! Il suffit que je vous informe que j'ai eu mal aux lombaires pour que hop ! ça y est, vous ne vous sentiez plus! Mais pour qui me prenez-vous ?

Je vois clair dans votre petit manège, ce n'est pas la peine de me regarder comme ça ! Quand je pense que j'ai eu la faiblesse de croire un moment que vous vouliez me soigner.

Me soigner de quoi ?

C'est vous qui êtes malade mon pauvre Frédéric.

Votre machisme bien ordinaire amuse vos petits camarades ? Bien ! Bravo ! Continuez, continuez de fréquenter vos vestiaires sportifs... ce que vous prenez pour de la jeunesse d'esprit n'est que la peur de grandir... Être un homme, ce n'est pas faire VROOM VROOM avec sa moto, eh non. C'est par exemple, savoir accepter les autres tels qu'ils sont, ce qu'on appelle à tort la différence. Il n'y a pas de différence puisque nous sommes tous différents !

(Il va s'asseoir)

La différence, je connais. C'est lourd à porter ; on vous fragilise. L'émotion est là depuis toujours, si profonde. On aimerait pouvoir partager tant de choses avec les autres, mais on entend une réflexion, un mot malheureux, alors, au lieu de s'ouvrir et d'échanger nos richesses intérieures, on se referme.

(Silence)

Pourtant, comment faire partager l'émotion qui vous étreint lorsque vous repensez à une chaude fin d'après-midi d'été de votre enfance ?

(La lumière change)

Le soleil couchant a déjà transformé les contours de la maison et du jardin.

Je regarde avec admiration le profil si fin de ma sœur (elle a 13 ans); elle brode, assise dans une chaise longue en se mangeant légèrement la joue, signe qu'elle est absorbée. Quelle tranquillité... le temps est arrêté...Elle sourit en rejetant d'un mouvement de tête sa queue de cheval en arrière.

Ecoutons le silence...

Tiens, voilà notre petit frère qui rentre.

Il vient de garder les chèvres avec le père Carton. Oh, le vieux paysan a encore dû s'amuser à lui faire peur en lui racontant des histoires effrayantes. Il est furieux, ça fait rire ma sœur. Elle laisse un instant son ouvrage pour le calmer.

C'est le soir, les lapins que nous laissons en liberté la journée reviennent nous faire une grande ronde, toujours à l'heure du crépuscule, comme un numéro de cirque bien réglé. Ils sont les uns derrière les autres et courent en formant un cercle parfait.

Mon frère est à nouveau joyeux.

Maman qui est venue nous chercher pour dîner s'assoit à son tour, prise par la magie de ce spectacle ; l'harmonie est telle qu'on se sent immortel, invincible...

Demain, on ira chercher papa à l'arrivée des cars Citram. Il revient de ses affaires à Paris.

Je me souviens de ces arrivées. Dès que papa descendait, on lui sautait au cou. Le contact chaleureux de sa peau dure et froide. Il était tellement heureux de nous retrouver. Il demandait toujours si on n'avait pas trop fait enrager maman.

On regagnait la maison. Le soleil déclinait sur les champs, nous abordions la descente, moitié en vélo, moitié à pied. Nous le soûlions de nos histoires... maman était radieuse, elle s'était fait une beauté pour l'accueillir.

Quel privilège d'avoir depuis sa naissance confiance totale en l'autre.

Je suis toujours ton petit frère, Annie, celui qui inventait nos histoires de marquise et de comtesses dans le salon de tante Alida à Angoulême... tu te rappelles ? Tu te rappelles Coco, son fin sourire avec ses yeux malicieux, ses pommettes roses et rebondies, et ses cheveux en brosse si drus et noirs Le petit sanglier on l'appelait. Quelle joie de vivre !

Une enfance heureuse ça peut aussi déstabiliser. Il est très difficile après d'affronter la dureté du monde.

(Au public comme s'il était le kiné)

Fred, oh, oh, vous m'avez déclaré un jour que vous alliez me redonner toute l'énergie physique et mentale nécessaire afin que je puisse faire aboutir mes projets, vous vous rappelez ?

Quel programme enthousiasmant.

Seulement vous vous arrêtez en route. Vous avez peur de ce que vous déclenchez en moi, ce désir, cet amour. C'est çà hein ? Vous êtes tombé sur un drôle de client !

Vous ne me répondez pas Frédéric ? Il ne dit plus rien !

Il s'éloigne, il disparaît, Où est-il ? J'ai peur ...

(La lumière baisse. Silence)

L'homme bleu, sans un mot, m'a pris dans ses bras. Il continua avec fougue ses massages sur ma nuque en embrassant Agnès. Très vite, nos larmes se mélangèrent. En riant, il me porta sur la table de massage du désert brûlant. Baissa les lumières...

Le cœur d'Agnès cognait fort contre la moleskine. Il revint en dansant, me jetant au visage ce qui lui restait de vêtements. Clarté lunaire des sables encore chauds. Il écarta doucement mes cuisses, la jeune fille protesta à la vue de son sexe puissant. Pourquoi m'a-t-il enchaîné ?... Il fait si chaud cette nuit...

(Il laisse tomber les feuilles du roman par terre – Silence)

(Voix off) – (Pendant la voix off, il se met à chanter doucement)

- Qu'est-ce qu'il est devenu le client du kiné, il vit encore ?

- Oui.

- Il va mieux ?

- Non.

- C'est son problème.

- Sans doute.

- Il devrait se faire soigner.

- Peut-être.
- Mais qu'est-ce qu'il fait ?

- Il rêve énormément.

- Ce n'est pas fatigant.

- Lui, ça le fatigue.

- C'est tout ?

- Non, quelquefois il chante…

(Chanté)

(Chanté)

« L'aurore a mis sa robe blanche pour mieux fêter le gai soleil

La rose s'entrouvre et se penche sous la caresse du réveil.

Dans la nature frémissante passe un souffle mystérieux.

Mais c'est en vain qu'ici je chante

Le sommeil ferme encore tes yeux. »

(La lumière commence à descendre sur " Agnès fêtait ses seize ans " jusqu'au noir final sur le mot " rêve ")

Ce matin-là, le soleil resplendissait déjà au-dessus des tourelles du château de Vautricourt.

Quelle belle journée s'annonçait... Aujourd'hui, notre jeune marquise Agnès fêtait ses seize ans... Une effervescence incroyable régnait au château.

La journée passa comme en un rêve...

(NOIR ET RIDEAU)

Théoule-sur-Mer, le 7 avril 1998

Aux EDITIONS DU FRIGO

L'Ange Impur
de Samy Kossan
Roman
BoD/éditions du Frigo, 2012
Dans la collection COMPARTIMENT DU HAUT

Chifoumi !
de Antoine Gouguel
Roman
BoD/éditions du Frigo, 2011
Dans la collection BAC À LÉGUMES

La Patte d'Oie
de Antoine Gouguel
Roman
BoD/éditions du Frigo, 2012
Dans la collection FREEZER

La Subvention
de George Darty
Théâtre
Kindle/éditions du Frigo, 2019
Dans la collection THEATRE

Le 7ème Cuivre
de Barnabé Zélec
Roman à paraître
BoD/éditions du Frigo, 2022
Dans la collection FREEZER

Petit duel pour grandes folles
de Stendhaletta et Bernard d'Algouvres
Roman à paraître
BoD/éditions du Frigo, 2022
Dans la collection DEGIVRAGE

Les Editions du Frigo

En partenariat avec BoD, les Éditions Du Frigo rassemblent, conservent, publient, diffusent, des textes gay, d'auteurs décédés, pour leur dernière volonté.

Posthumous publisher of dead authors, "Editions du Frigo" provides logistical support for the dissemination of works, their authors no longer there to defend them. Home association, all profits are donated to the beneficiaries.

contact@editionsdufrigo.com

www.editionsdufrigo.com

Editions-du-Frigo sur Facebook
@EDITIONSDUFRIGO Twitter